# ÈRES

## Mélèze

Bien adaptés aux températures basses, ils sont devenus l'**espèce d'arbre nordique** par excellence. Leurs aiguilles poussent en **grappes touffues**, et **tombent** chaque automne.

## Sapin

Beaucoup d'espèces de ces plantes ligneuses **subalpines** ont une croissance très rapide. Leurs aiguilles sont plutôt **plates** et poussent de manières différentes selon l'espèce.

## nélèze

**es et en forme**
ur maturation,
roses
is mûrs, ils
**és** aux branches
années.

## Cône d'épicéa

Ils sont de forme allongée. Au contraire des cônes de sapin, ils **pendent** des branches et **tombent** une fois mûrs. C'est **l'aliment préféré des écureuils**.

## Épicéa

C'est un **arbre conique**. On utilise son bois dans le secteur du bâtiment. Ses aiguilles recouvrent toutes ses branches et ont généralement **quatre côtés**.

## Pin

Il pousse partout, des **tropiques** aux **régions les plus froides de l'hémisphère Nord**. Certaines espèces ont une **écorce épaisse et fissurée** qui s'écaille.

## If

Tout dans cet arbre est **très toxique** : l'écorce, les aiguilles, les baies. C'est un conifère qui **ne produit pas de résine**.

## Genévrier

Cette plante ligneuse qui adore la lumière peut vivre en altitude. Ses faux-fruits de couleur violette sont utilisés en cuisine pour parfumer viandes et poissons.

**médicinales**. Ses **fleurs blanches parfumées** pour faire de la **tisane** qui peut soigner le rhume, et ses fruits – **les baies de sureau** – pour faire un délicieux **sirop**.

## Fruits

Ceux des arbres forestiers sont une importante source de **nourriture** pour les animaux des bois, surtout les glands et les faines. Mais en hiver, les gros animaux ont parfois du mal à se contenter de ce qu'ils trouvent et ont besoin de **nourriture en plus**.

Les fruits des arbres feuillus ont une **multitude de tailles et de formes**. Certains sont légers et ont de petites ailes pour **voler aussi loin que possible** comme l'érable ou le bouleau ; d'autres sont lourds et tombent à leur pied après avoir mûri (fruits à coque).

### Glands

Ils tombent du chêne, sont ronds ou allongés et composés d'**un fruit** et d'**une cupule**. Les sangliers, les écureuils, les cerfs et les biches les aiment. Autrefois, on en faisait de la **farine** ou même une sorte de **café**.

### Akènes

Ce sont les fruits du bouleau, de petites graines ailées qu'on trouve en quantité dans les inflorescences femelles qu'on appelle des chatons. À maturité, ces chatons se désagrègent, les akènes s'envolent et voyagent très, très loin.

### Samar

C'est le fruit
qui pousse
À maturité,
et il ne reste
**akènes pla**
la forme est
**se déplace**
et s'éparpill
aux alentou

## Feuilles ou aiguilles

À la différence des conifères dont les feuilles ressemblent à des aiguilles, les feuillus sont des arbres produisant des feuilles de taille et de forme différentes. En automne, elles **changent de couleur** puis **tombent** pour que d'autres puissent pousser au printemps suivant.

## Bois d'arbres forestiers

Les arbres sont une **source de bois** importante, par exemple pour fabriquer des **meubles**. **Le hêtre ou le chêne** sont souvent utilisés, mais on peut aussi se servir du bois des conifères pour fabriquer du papier.

## Silence, ça pousse !

Les feuillus **font des fleurs** ou des **inflorescences**, comme les **chatons du bouleau** ou les **grappes du châtaignier**, qui finissent par fleurir et se transformer en fruits.

# LES ARBRES

Viens voir de plus près cette deuxième catégorie d'arbres sous laquelle Hansel et Gretel s'amusent tant : les arbres feuillus. Ils sont pleins de feuilles et leurs graines se transforment en fruits. On les trouve dans les forêts de feuillus et les forêts mixtes. La plupart perdent leurs feuilles en automne. Ils poussent dans les zones tempérées et tropicales du monde entier.

## Grand sureau

**Il n'y a pas que les animaux** qui mangent les fruits arbres de la forêt. Les humains cueillent les fruits et les fleurs du grand sureau

Aujourd'hui, Hansel et Gretel partent avec leur papa parmi les géants de la forêt afin de reconstituer leurs provisions de bois. Dès que le premier coup de hache a retenti et que leur papa est devenu absorbé par son travail, les enfants ont commencé à gambader dans la forêt, au lieu de l'aider comme ils l'avaient promis, ignorant l'avertissement de leur père de rester à proximité. Ils se faufilent entre les arbres – des conifères épineux puis des arbres à larges feuilles bruissants. Les deux jouent à cache-cache dans les buissons sans se rendre compte que le son de la hache de leur père vient de plus en plus loin.

# EUILLUS

## Bouleau

Il s'agit soit d'un arbre isolé soit d'un bouquet d'arbres. Son écorce multicolore s'écaille en plusieurs **couches fines**. En général, elle est **pâle** ou **blanche** avec des **bandes** horizontales typiques.

## Hêtre

Son écorce est **fine, lisse, grise** et fragile. Ses racines sont peu profondes et très étalées. On le cultive pour son **bois de qualité** et pour sa beauté dans les parcs.

ble
es.
grège
e deux
dont
our
'air
nent

## Noisettes

C'est le fruit du noisetier qui pousse en général par **grappes**. C'est un délice recherché par les hommes et de nombreux **animaux**. **Il est très apprécié en raison** de sa concentration en vitamines et éléments nutritifs.

## Érable

On le reconnaît à ses **feuilles palmées** qui changent de couleur, du jaune au rouge, en automne. Son bois sert à fabriquer des **instruments de musique à cordes,** car il transmet très bien le son.

## Noisetier

C'est un arbuste aux racines résistantes. Il pousse vite et survit dans les **environnements pollués**. Ses brindilles servent depuis longtemps à **tisser des paniers** ou fabriquer des **clôtures**.

## Lierre

Cette plante **grimpante** à feuilles persistantes s'accroche **aux arbres** avec ses ventouses. Ses feuilles renferment des substances **qui piquent la peau**. **Les oiseaux aiment ses fruits**.

## Chêne

Cet arbre **vit longtemps** et sa croissance est lente. Son bois très dur sert **à fabriquer des meubles** et **des tonneaux.** Son écorce peut avoir des **propriétés médicinales**.

## Fraise des bois

En été, lors d'une balade dans les bois, si tu as envie de grignoter ces **petits fruits rouges délicieusement parfumés**, il faudra te baisser car le fraisier pousse tout **près du sol**.

## Canneberge

Ces **minuscules baies rouges**, mûres à la fin de l'été, sont très populaires surtout en Amérique du Nord. Leur **goût est légèrement amer**. On en fait de délicieux sirops.

## Framboise

Ce fruit des bois pousse dans des buissons, porté par des tiges. Mûr, il est **rose foncé** et facile à cueillir. Son **goût sucré** est parfait en dessert, en sirop ou en confiture.

## Mûre

Elles poussent aussi dans des buissons, sur des tiges épineuses. Fais attention en les cueillant ! Elles sont pleines de bons **nutriments**. Les **biches** et les **cerfs** les adorent.

## Champignons

Les champignons forment un groupe à part d'organismes vivants. La partie que tu vois est composée du **pied** et du **chapeau**. Les **formes** des champignons sont très variées. Sous le chapeau, il y a des **lamelles** ou des **tubes** (comme chez le cèpe).

lamelles

tubes

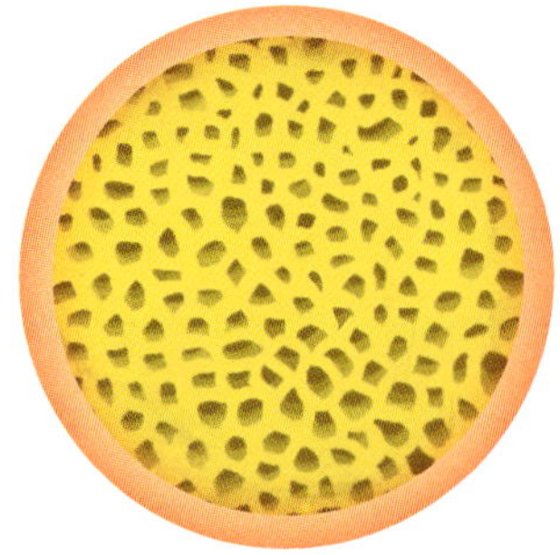

## Champignons comestibles

Vesse-de-loup

Bolet rude

Si tu connais les champignons, tu pourras te faire plai
dans la forêt. Les cèpes y sont très répandus. Attentio
Tu ne dois **jamais goûter** un champignon **qui n'est pas cuit :** certains champignons comestibles sont toxiques quand ils sont crus, comme la morille !

## Vigilance

### Myrtille

### Parisette à quatre feuilles

Dans la forêt, fais **attention aux baies toxiques** : elles peuvent ressembler à des fruits comestibles. **La parisette à quatre feuilles**, par exemple, se confond facilement avec les myrtilles. Alors, **ne cueille que ce que tu connais** !

## Gourmandises sucrées

Es-tu d'accord pour suivre Hansel et Gretel, et te charmer par l'odeur envoûtante des gourmandi qu'on trouve dans les bois ? La forêt réserve bie

# LES FRIAN

Tout à coup, alors que Hansel et Gretel reprennent leur souffle après une course-poursuite, ils entendent un grognement étrange. « Hansel, qu'est-ce que c'est ? Peut-être… un ours ? » Les enfants regardent autour d'eux, effrayés, avant de comprendre d'où vient ce bruit. Un ours ? Mais pas du tout ! C'est leurs estomacs vides qui gargouillent très fort. Mais ils n'ont rien à manger. Que faire ? Heureusement, à ce moment-là, une odeur gourmande s'engouffre dans leurs narines : celle des fraises des bois. Et un peu plus loin, il y a des myrtilles ! Et là, près de ces champignons tout ronds… des framboises et même des mûres ! Miam !

des surprises. Tu découvriras des plantes et des arbres intéressants et, si tu es discret, tu pourrais rencontrer des animaux dans leur habitat naturel.

## Myrtilles

Ces **baies sucrées** de la taille d'un petit pois poussent sur des arbustes nains. Elles sont **délicieuses** telles quelles ou alors en tarte. Si tu en manges beaucoup, ta langue deviendra **violette**.

# SES DES BOIS

## Fruits des bois

Quand tu te promènes dans la forêt, tu peux rendre ta balade encore plus intéressante en cherchant des **fruits des bois** ! Si tu as l'œil et que tu connais bien les plantes, tu trouveras **plein de gourmandises** à manger sur place (des baies) ou plus tard (champignons comestibles).

## Qui mange des fruits des bois ?

C'est une chance de pouvoir te régaler de fruits des bois, mais tu n'es pas le seul à le faire. Les **ours**, par exemple, ont une passion pour les baies, et les **écureuils** sont très doués pour cacher de la nourriture – ils accrochent des champignons dans les arbres pour faire leur stock.

## Bien se comporter en forêt

Dans la nature, sois **bienveillant** et **respectueux :** ne détruis pas les plantes qui portent les baies, n'en prends pas trop et **laisses-en** toujours pour les animaux. Quand tu cueilles des champignons, **ne donne pas de coups de pied** dans ceux que tu n'emportes pas.

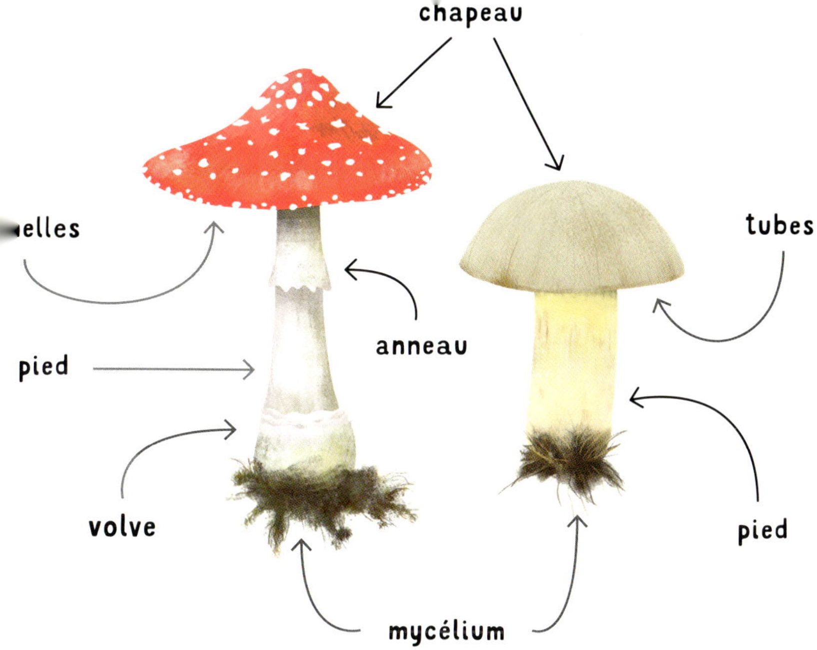

## Conserver les fruits des bois

En été, tu trouves plein de fruits comestibles dans la nature. Mais que faire pour en avoir **toute l'année** ? Rassure-toi, il y a plein de façons de les conserver. Par exemple en faire de la **confiture**, de la **compote** ou du **jus**. Les champignons peuvent être **séchés**.

## Champignons non comestibles

Polypore marginé

Coprin pie

Il y a des champignons comestibles délicieux, mais d'autres n'ont **pas bon goût**. Ce sont les champignons non comestibles. Tu n'auras pas de problème particulier après en avoir mangé, mais tu ne te régaleras pas.

## Champignons vénéneux

Amanite phalloïde ou calice de la mort

Bolet Satan

Attention ! Tu peux trouver des champignons contenant des substances capables de te rendre malade, même de t'**empoisonner**. Ce sont les champignons vénéneux. C'est pour cela qu'il est très important de **bien connaître ceux que tu cueilles** et que tu manges.

## Cercles de croissance

Si tu croises une souche d'arbre, tu remarqueras qu'elle est pleine de cercles. C'est ce qu'on appelle les **cernes** ou **cercles annuels.** Ils sont **plus rapprochés du côté nord** car c'est l'endroit où l'arbre doit **résister** au froid. En les comptant, tu sauras également **l'âge de l'arbre**.

## Ciel étoilé

La nuit, tu peux observer la **position des étoiles** pour te repérer dans l'hémisphère Nord. Le **pôle Nord** est indiqué par l'**étoile Polaire** qui est l'étoile la plus brillante dans le ciel. On l'appelle également l'étoile du berger.

## Lichens

La légende dit que pour trouver le **nord**, on peut observer le **lichen sur les arbres :** il a tendance à s'installer sur le côté nord des troncs. Comme cette **méthode n'est pas infaillible**, il vaut mieux vérifier tes conclusions.

Les lichens sont des micro-organismes présents **dans le monde entier**. Ils résistent aux **températures extrêmes, froides ou chaudes,** et peuvent s'installer dans des régions désertiques. Certains ont un rôle important car ils **indiquent le taux de pollution dans l'air**.

### Lichen géographique

Il pousse dans les montagnes, sur **les rochers et les cailloux**, et s'étale sur de grandes surfaces. On le reconnaît grâce à sa **couleur verte particulière** et ses bords sombres qui le font ressembler à **une carte**, d'où son nom.

### Xanthorie élégante

Ce lichen très photogénique de couleur **jaune** pousse dans le monde entier **sur l'écorce des plantes ligneuses à feuilles**, les rochers ou les récifs côtiers. Il s'accroche aux surfaces et il est difficile à retirer.

### Usné barb

Elle resse
verte ou
surtout s
Elle n'aim
Elle sert
car elle e
et aide à
plaies.

# PERDUS DANS

Hansel et Gretel se sont perdus. Aidons-les à retrouver leur chemin et à se repérer dans la nature ! Il arrive parfois que les gens se perdent lors d'une promenade en forêt. Que faut-il faire quand on n'a pas de carte, de boussole ou de GPS ? Il suffit alors d'observer le paysage autour de soi. Certains détails de la nature ont un rapport avec les points cardinaux.

## Quatre points cardinaux

Pour **te repérer** dans la nature, tu dois savoir repérer **les quatre points cardinaux** : nord, sud, est, ouest. Une fois que tu as déterminé où se trouve le nord, tu peux trouver la position des trois autres. Par chance, le **nord** est le plus facile à détecter.

### L'effet du nord sur les plantes

Tu as peut-être remarqué que les arbres solitaires ont des **sommets asymétriques** (moins développés d'un côté) car les **vents forts** soufflent en général du nord et de ce côté, les branches sont cassées et plus courtes.

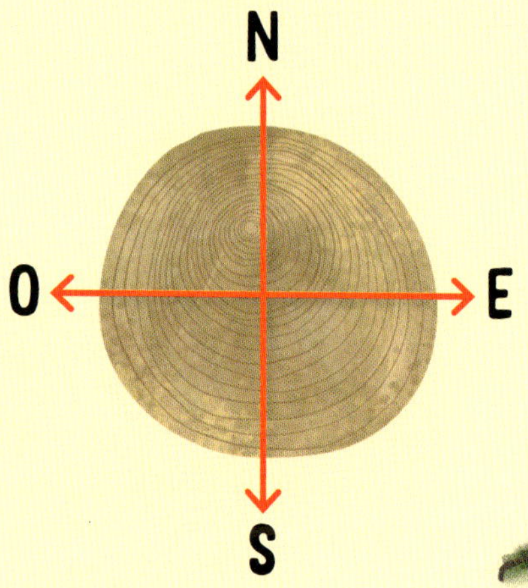

Leurs estomacs pleins, Hansel et Gretel souhaitent retourner auprès de leur papa. Mais… en picorant ici et là, ils se sont perdus dans la forêt ! Plus de bruit de hache alentour ! Ils ne reconnaissent plus les chemins qu'ils ont empruntés. « Hansel, on est perdus, dit Gretel au bord des larmes. Qu'allons-nous faire ? » « On dirait bien que tu as raison, mais ne t'inquiète pas, répond calmement son frère. Je vais grimper dans un arbre et inspecter les environs ! »

# LES BOIS

## Constellations à la rescousse

La nuit, le nord est indiqué par l'**étoile Polaire** (Polaris) qui reste toujours au même endroit du ciel : repère la Grande Ourse, en forme de casserolle, mesure la distance entre les deux étoiles de son bord externe, reporte-la 5 fois vers le haut dans la même direction et tu la trouveras. L'étoile polaire fait partie de la constellation de la Petite Ourse.

## L'inclinaison des fourmilières

En général, les fourmis construisent leurs fourmilières en **bordure de forêt** pour mieux profiter de la lumière. Le **versant sud**, qui est plus chaud et lumineux, a une **pente légère** pour absorber un maximum de chaleur. À l'inverse, la pente du **versant nord** est **plus raide**.

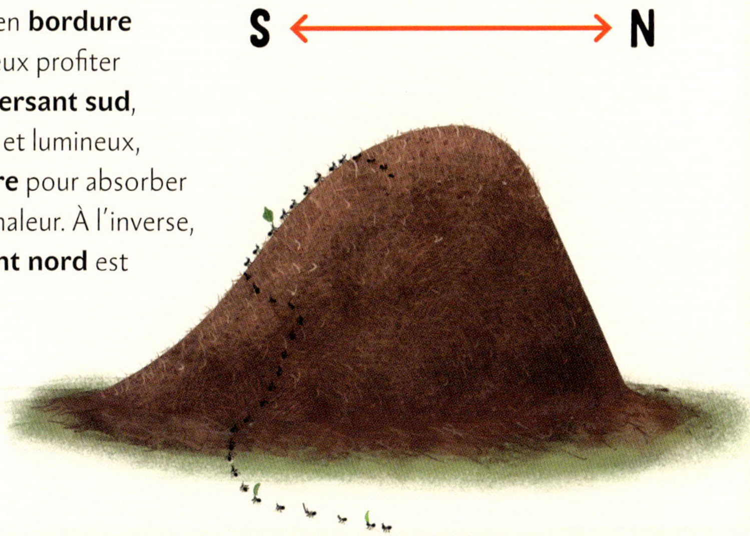

## a réponse est dans la neige

En **hiver**, tu peux te repérer en observant la neige. Les **versants nord** sont souvent **plus froids** et plus humides, et la neige y tient plus longtemps que sur les versants sud exposés au soleil.

e la **ficelle**
pousse
res.
**pollution**.
cine traditionnelle
n **vitamine C**
les petites

## Lichen du loup

Ce lichen vert-jaune ressemble à des cheveux et doit sa couleur à la **substance toxique** qu'il contient. Les Amérindiens s'en servaient comme **venin** dans leurs appâts pour les loups et au bout de leurs flèches. Il pousse sur l'écorce des **conifères des forêts sèches.**

## Lichen des rennes

Il résiste au gel et c'est une **nourriture essentielle pour les rennes**. Il est gris-bleu et pousse en **petites touffes** à la **croissance très lente**. Il ne mesure pas plus de 10 cm. Il résiste bien aux climats froids et on le trouve aussi dans les régions plus chaudes.

## Cladonie écarlate

Vert pâle et **rugueuse**, elle est formé de coupes **creuses** d'environ 2 cm de haut, dont l'**extrémité rouge** est **typique**. Elle pousse surtout sur les rochers, dans les landes ou sur les dunes. C'est une espèce rare.

### Myosotis

Elle fait des fleurs bleues et préfère les endroits humides de la forêt.

### Mimosa pudique

Il peut projeter ses graines à maturité très loin, parfois jusqu'à plusieurs mètres.

## Plantes d'ombre

### De l'ombre, s'il te plaît

Toutes les plantes n'aiment pas **le soleil**. Certaines préfèrent **l'ombre** ou **la semi-obscurité**. On les trouve en général sous des arbustes, dans des fourrés sombres ou des forêts denses.

### Mousse commune

Vert foncé, elle pousse sur le sol, les cailloux et les troncs d'arbre morts.

### Sceau-de-Salomon

Grande plante aux belles fleurs blanches en forme de clochettes qui se transforment en baies foncées toxiques.

### Pervenche

Plante discrète aux fleurs bleues minuscules formant des tapis, utilisée en médecine et toxique.

## Les fougères, aussi, aiment l

Adorant les forêts ombragées, les fougères, comme les mousses, se multiplient grâce à des spores.

### Fougère femelle

Le dessous des feuilles de cette plante toxiqu
de la famille des fougères est couvert de spor

## Plantes et zones humides

### Types de cours d'eau forestier

En forêt, l'eau est à l'état naturel : sources et puits où prennent vie des ruisseaux ; zones humides, étangs profonds, lacs ou endroits qui **retiennent l'humidité** car ils sont **à l'abri du soleil** – fossés et recoins ombragés. C'est tout ce dont ces plantes ont besoin.

### Géranium des bois

Il aime les endroits humides pas trop sombres. On le trouve surtout dans les prairies et contreforts.

### Ail des ours

Ses feuilles savoureuses sentent l'ail. Il ne faut pas le confondre avec le muguet qui est toxique !

### Mouron des oiseaux

Tu peux mâchouiller sans danger cette plante discrète en te promenant dans les bois.

# L'HERBIER

Tu te demandes sans doute quelles sont les plantes et les fleurs des bois qu'Hansel et Gretel ont pu observer ? Dans la forêt, on trouve des plantes de toutes les formes et de toutes les tailles : des géantes, des arbustes, des herbes sur le sol et des bouts de mousse à peine visibles à l'œil nu.

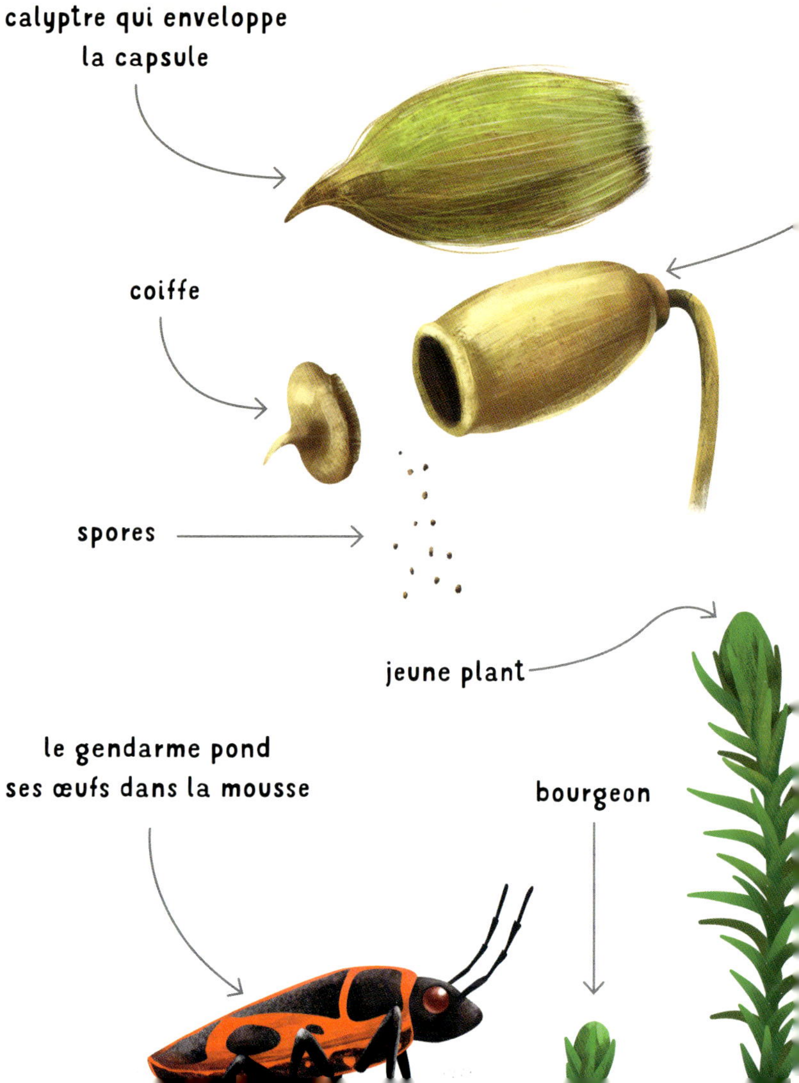

Hansel jette un coup d'œil, puis redescend comme un écureuil et s'exclame : « Je pense savoir vers où aller ! » Il prend la main de Gretel, et tous deux se mettent en route avec courage, pensant à leur maman et leur papa qui sont sûrement à leur recherche. Bientôt, la forêt s'éclaircit. Le soleil chatouille leurs joues et les conduit à une clairière charmante avec un ruisseau bouillonnant. Il y a de magnifiques fleurs de toutes les formes et de toutes les couleurs. Et au beau milieu, une étrange maison à l'odeur sucrée !

# FORESTIER

## Mousse

C'est une plante verte discrète qui **s'accroche au sol.**

On ne la voit pas toujours mais il y en a **partout dans la forêt**. Elle permet de **retenir l'eau**, elle est donc **précieuse** car elle protège la forêt de la sécheresse. Elle sert aussi d'**abri** à beaucoup de petits animaux.

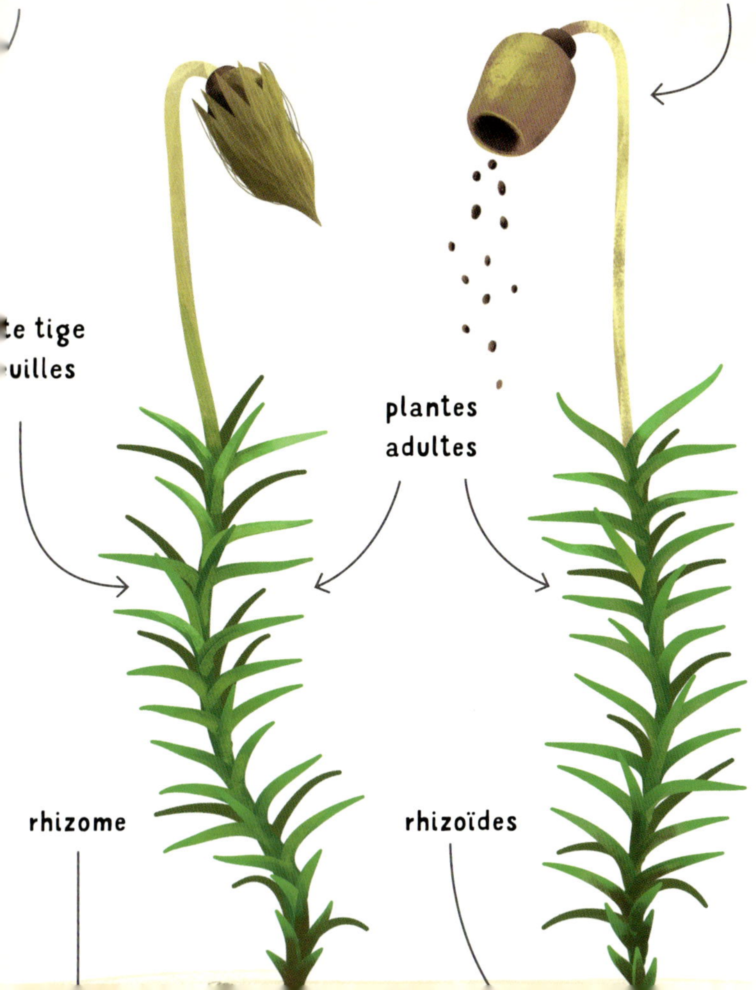


## Herbes et plantes ligneuses

Suivant leur tige, les plantes sont soit des **ligneuses** soit des **herbes**. Les ligneuses ont **une tige en bois** alors que celle des herbes est **tendre**. Suivant la façon dont une tige d'herbe pousse, on dit qu'elle est rampante, verticale ou grimpante.

## Des plantes aux propriétés variées

Les plantes des bois ont de **nombreuses propriétés** utilisées dans **différents domaines**. Les herbes médicinales servent à **fabriquer des médicaments**, d'autres à faire des **produits cosmétiques**. Certaines sont **comestibles**, d'autres **toxiques**.

## Floraison

Certaines plantes font des fleurs qui se transforment en fruits qui, eux, contiennent les graines. D'autres **ne fleurissent pas** et se reproduisent grâce à des spores. Ce sont les plantes **sans floraison** dont font partie les **mousses**, les prêles et les fougères.

## Différents endroits

## pour différentes préférences

Il existe en forêt **différents environnements de croissance** : clairières ensoleillées, fourrés ombragés ou sols humides près des ruisseaux. Chacun accueille des **plantes spécifiques**, même si certaines ne font **pas les difficiles** et sont capables de pousser **n'importe où**.

## Plantes de clairière

### Une clairière, c'est quoi ?

Dans les forêts, il y a des zones **sans arbres** qu'on appelle des **clairières**. C'est l'**endroit idéal pour certaines plantes** qui ont besoin de **beaucoup de soleil** pour pousser. On remarque souvent qu'une espèce domine toutes les autres qui finissent par abandonner la clairière.

### Violette

Ses petites fleurs violettes très odorantes sont typiques. Les fourmis adorent ses graines.

### Lupin

Grande plante dont la grappe de belles fleurs de différentes couleurs fait des graines toxiques !

### Digitale

Plante très toxique qui peut pourtant soigner des maladies de cœur.

### Belladone

Attention ! Plante très toxique dont les baies ont l'air comestibles !

### Centaurée

Plante jaune médicinale au goût amer très fort, bonne pour la digestion.

### Épilobe

Plante médicinale aux fleurs violettes utilisée pour les problèmes urinaires.

Les gens confondent souvent le foin et la paille.
La paille est jaune et se compose de tiges de plantes céréalières séchées comme le blé. Le foin est vert et se compose d'herbes et de fleurs séchées.

prairie alpine (des montagnes)

## Plantes des prairies

Les pâturages sont l'**habitat idéal** des plantes **broutées** et **piétinées** par les animaux. Les prairies offrent des **conditions de vie uniques** à d'autres espèces de plantes.
On en trouve certaines dans les prairies alpines ensoleillées, d'autres près des rivières ou encore dans les steppes arides.

Les prairies sont très agréables en été car les plantes fleurissent et offrent un feu d'artifice de couleurs.

### Marguerite

Fleur typique des prairies aux pétales blancs et au cœur jaune, elle est très belle en bouquet.

### Piloselle

Elle apprécie les sols secs et aime pousser aux dépens d'autres plantes.

### Trè

Il se di
roses
On l'u
herbe

## Qu'est-ce qu'une prairie ?

Une prairie est un endroit où poussent plein d'**herbes différentes**. Tu peux y trouver des **plantes bien précises** que tu ne verras sûrement nulle part ailleurs. Les prairies sont également **indispensables à la survie** de certains animaux élevés en plein air.

## Qu'est-ce qu'un pâturage ?

C'est une prairie où **broutent** les animaux de ferme (chevaux, vaches ou moutons). Il y pousse souvent des plantes **indispensables à leur alimentation :** les cultures fourragères. Et comme ces plantes nourrissantes sont constamment mâchouillées, **elles n'ont pas le temps de pousser trop haut**.

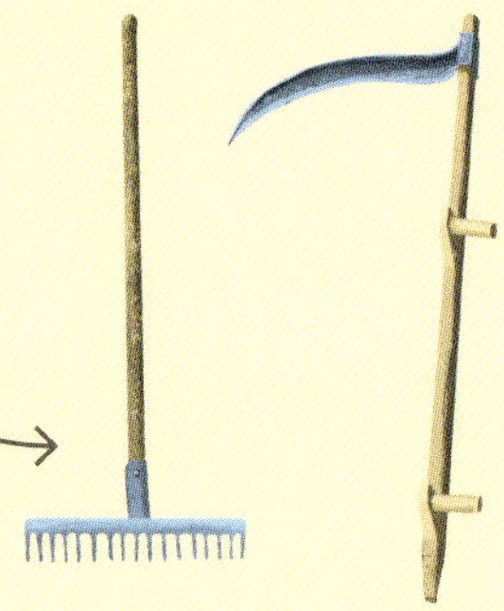


## Pour quels usages ?

Ils sont souvent utilisés **pour l'agriculture**. L'herbe fraiche est mangée par les animaux de la ferme et certaines **fleurs de prairie** sont utilisées en **médecine** ou en guise de **décorations**.

Baille…

# LES PRAIRIES ET

Alors qu'Hansel et Gretel se sauvent en courant, tu peux ralentir et observer quelles autres merveilles vivent dans les prairies et les pâturages. Si tu sors de la forêt, tu peux tomber sur des prairies ou pâturages où paissent des animaux de ferme. Dans ces endroits agréables poussent des plantes intéressantes et difficiles à trouver en forêt.

Hansel et Gretel se dirigent vers la maison. Elle est bien réelle. Et si elle sent tellement bon, c'est qu'elle est faite en pain d'épices ! Les enfants se régalent d'un bout de fenêtre et d'un pan de mur. Mais, oh oh ! Le craquement d'une tuile en pain d'épices alerte la sorcière qui vit dans la maison. « Qui se permet de grignoter ma petite maison ?! », hurle-t-elle en se ruant dehors, furieuse, les yeux écarquillés, les dents sorties et brandissant sa canne. Aussitôt, Hansel et Gretel déguerpissent et courent à toute vitesse à travers la forêt pour rejoindre la prairie, la sorcière à leurs trousses.

# S PÂTURAGES

## oin

coupe et on laisse sécher l'herbe plusieurs fois
tre la fin du printemps et le début de l'automne.
la ramasse pour nourrir les animaux durant
ver quand ils ne peuvent plus brouter
ns les prés.

## pes de prairie

## Graminées

Ces plantes, en général petites, poussent **dans le monde entier**. Il en existe plein de sortes. Dans les prairies, elles couvrent de **grands espaces** et leurs racines retiennent bien **l'eau** dans le sol.
Les graminées développent des **inflorescences** appelées épillets et des fruits nommés **caryopses**.

### Fléole des prés

Peu exigeante, elle supporte des températures extrêmes. Son pollen peut provoquer le « rhume des foins ».

### Alpiste des Canaries

Une grande herbacée très résistante à la sécheresse.

### Dactyle

Une graminée qui produit un excellent fourrage, apprécié par les animaux de la ferme.

ıe leur sol contient, donc selon les plantes qui vont
›ousser, ou selon les régions. Il y a des **prairies**
**ımides**, des **steppes tempérées**, des **prairies**
**ides** au sud ou des **prairies alpines** (en montagne).

prairie humide

## Brome mou

Une herbacée qui se propage vite le long des chemins mais que les animaux digèrent mal.

## …es prés

›ar ses fleurs
› de feuilles.
›vent comme
le.

## Carline acaule

Plante sans tige aux feuilles piquantes qui pousse dans les prairies arides.

## Vesce craque

Plante peu exigeante à l'odeur agréable, dont les graines sont adorées des oiseaux.

## Gentiane croisette

Plante à fleurs bleues aimant les prairies arides.

qui deviennent des plantes.

## Bande enherbée

Les bandes enherbées sont des **limites d'herbes** qui permettent de séparer deux champs. Elles aident également à consolider le sol et **empêcher son érosion**. Enfin, une multitude de **petits animaux** s'en sert comme **cachette.**

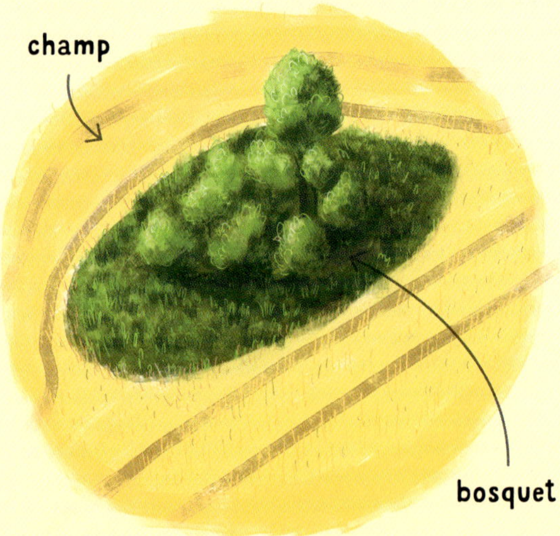

## Bosquet

Les bosquets sont des **îlots d'arbres et de végétation** éparpillés dans les champs. Ils aident à retenir l'eau et servent de **refuge naturel** et de garde-manger à différentes espèces d'animaux, ils ont donc une **fonction importante**.

## Rotation des cultures

**Diverses plantes sont cultivées tour à tour** sur le même champ. Certaines **absorbent les nutriments** dans le sol tandis que d'autres lui en **donnent**. Cela aide la terre à **rester fertile**, les récoltes à être productives, le terrain à **rester stable**.

## Mauvaises herbes

Ces in
**les cu**
elles p
en tan
la flor

### Dauphinelle des champs

Elle est sans danger pour les cultures, sauf si ses graines toxiques se retrouvent dans la farine.

### Coquelicot

Les bords des champs de céréales sont tout rouges quand des coquelicots y poussent.

### N

Or
qu
de
pa

## Économie agricole

Un champ est une surface de **terre agricole** utilisée par les humains pour cultiver certains types de plantes – une **culture**. Le champ a une superficie très différente suivant les régions. En plaine, ils sont souvent immenses.

### Cultures agricoles

Beaucoup de cultures trouvent leur place dans les champs. Certaines sont faites pour leurs **grains**, certaines pour leurs graines qu'on **transforme en huile**, d'autres pour devenir des fibres textiles ou pour leurs **tubercules comestibles**.

### Importance des champs

Un champ sert à faire pousser et récolter des **cultures** indispensables pour nourrir les humains. Comme les prairies, ils **sont associés à un environnement sauvage** et à ses habitants. Un champ de maïs, par exemple, peut servir d'**abri** aux sangliers.

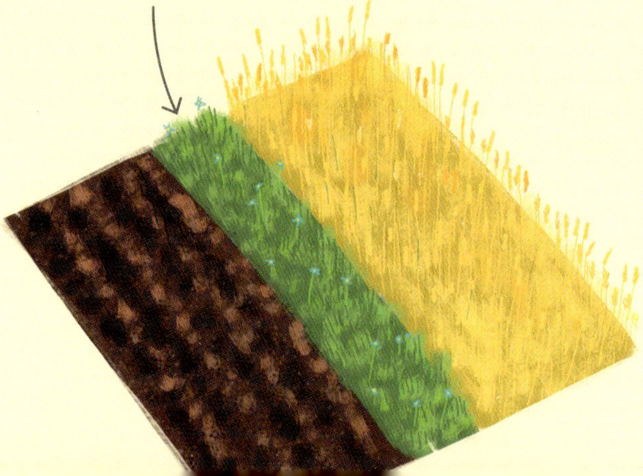


H anse… qu'i… Mai… pour les o… ont façon… pour culti… de terre s…

# LE CH…

### Agriculture

Pour rendre un champ **fertile** et y faire de bonnes récoltes, il faut l'entretenir, entre autres avec une **charrue**. En labourant un champ, on retourne les premières couches de terre pour **aérer** le sol,

La sorcière se rapproche. « Si je vous attrape, je vous mange tout crus ! » Mais Hansel et Gretel courent si vite qu'on pourrait croire qu'ils volent. Quand ils atteignent un chemin entre deux champs, il savent qu'ils sont sauvés. « Gretel, je reconnais cet endroit ! » « Moi aussi, Hansel ! » Les enfants observent autour d'eux en reprenant leur souffle. « Là, regarde ! » dit Gretel. « Derrière les champs dorés, maman et papa nous attendent ! » Quelles belles retrouvailles !

tel courent si vite pour retourner chez eux
ètent pas attention aux champs alentour.
llons nous arrêter quelques instants
d'un peu plus près. Autrefois, des gens
parcelles de terre fertile et les ont utilisées
plantes pour se nourrir. Ces parcelles
u'on appelle des champs.

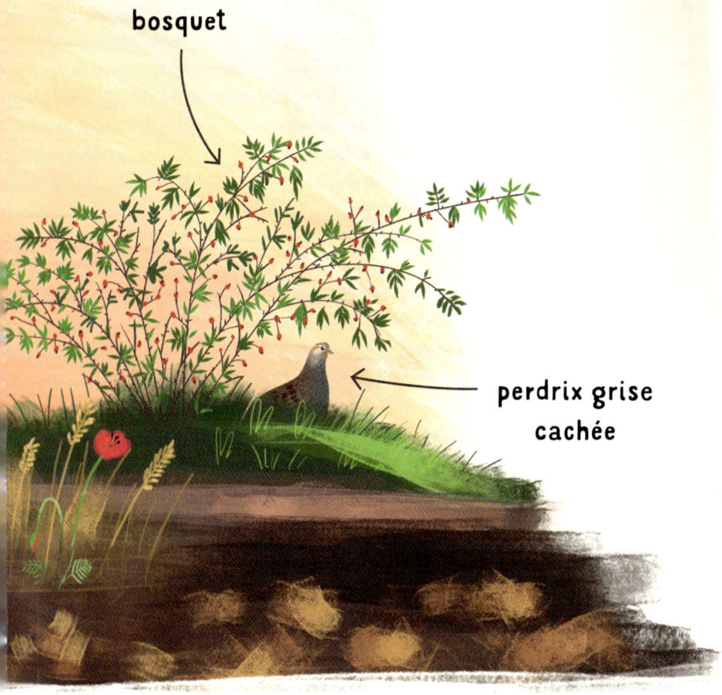


MP

## Cultures agricoles

### Riz

Une des céréales les plus anciennes, qui pousse dans les champs inondés des régions chaudes.

### Maïs

Il forme des épis de grains jaunes qu'on transforme en farine, en huile ou en pop-corn.